푸른사상
시선

42

외포리의 갈매기

강 민 시집

푸른사상 시선 42

외포리의 갈매기

인쇄 2014년 6월 25일
발행 2014년 6월 30일

지은이 · 강 민
펴낸이 · 한봉숙
펴낸곳 · 푸른사상사
주간 · 맹문재 | 편집 · 지순이 | 교정 · 김소영

등록 제2-2876호
주소 서울시 중구 충무로 29(초동) 아시아미디어타워 502호
대표전화 02) 2268-8706~7 팩시밀리 02) 2268-8708
메일 prun21c@hanmail.net
홈페이지 www.prun21c.com

ⓒ 강 민, 2014

ISBN 979-11-308-0243-5 03810
ISBN 978-89-5640-765-4 04810 (세트)

값 8,000원

외포리의 갈매기

　화사한 꽃이 만발하는 부활의 4월에 눈과 귀를 막고 싶은 침통한 세월호의 비보가 가슴을 친다. 어리석은 어른들의 탐욕이 어린 새싹들의 희생을 강요했으니 이를 어쩌랴. 끓어오르는 분노를 견딜 수가 없다. 고인들의 명복을 빌며 범법자들의 엄중처단을 바라면서 유가족들의 아픈 마음을 함께한다.

　점차 녹스는 시심(詩心)과 병마로 시드는 기억력 때문에 이제 지난 시집 이후의 시들과 먼저 낸 세 권의 시집에서 시들을 추려 선집을 만들고, 내 고단한 시작(詩作)을 마감할까 생각 중이었는데, 푸른사상사의 맹문재 주간이 〈푸른사상 시선〉으로 묶자는 의견이어서 작품의 선정과 꾸밈 모두를 그에게 맡기기로 했다. 젊고 예리한 그의 생각에 동의한 것이다. 해설 역시 젊은 평론가이자 시인인 이경철 형이 맡아주었다.

　푸른사상사의 여러분께도 감사의 말씀을 드린다.

2014년 4월 23일
강민

| 차 례 |

■ 시인의 말

제1부

제2부

제3부

제1부

만추(晚秋)

검게 그을린 도심의 빌딩 위로
초승달이 떠 있다

누구의 무슨 칼로 깎였나
바짝 야위어 창백하게 떠 있다
비스듬히 우수에 차 떠 있다

스산한 바람에 낙엽은 떨어져 구르고
빛이 두려운 무리들은
여전히 무딘 칼춤을 추며 뒷걸음질이다
검은 입김 뿜으며 망동(妄動)의 춤을 춘다

그을린 도심의 빌딩 위로
창백한 초승달이 떠 있다
피곤한 시민들의 우수가 떠 있다
분노가 떠 있다

꿈앓이

백두에 머리를 두고
한라에 다리를 뻗고 눕는다
강산은 여전히 아름답고
바람은 싱그러운데
배꼽에 묻힌 지뢰와
허리를 옥죄는 유자철선(有刺鐵線)이 아프다
하초에서 흐르는 물 흐름이 운다
여전히 편치 않은 지리의 눈물을 받아
섬진의 노을은 오늘도 핏빛이다

밤마다 선잠 뒤척이며
아프고 뿌연 안개 낀 머리를 흔든다
정강이가 가렵다
피가 나도록 긁어도 시원치 않고
차츰 온몸으로 번진다
허리에서 막힌 혈류 때문인가

이윽고 아침은 밝지만

내 무거운 머리는 행방을 찾지 못하고
오름에서 일어선
가려운 다리는 해협도 건너지 못한다
아, 저 길
아득히 먼 고구려의 꿈
멀고 먼 백두로의 그리움
머리는 여전히 아프고 아프구나

아, 내일은 풀리려나, 저 철선으로 막힌 혈류!

찢긴 깃발의 노래

악몽을 꾼 것 같은데
두통은 여전하고
귓전을 때리는 바람 소리에 섞여
그 소리는 지워지지 않는다
"아, 아프다, 아파!"
"돌려다오, 내 청춘, 무참히 묻힌 내 꿈, 내 사랑!"
어디선가 멀리 가까이서 들린다, 침침한 무덤 속에서
무슨 전선을 타고 오나
들리고 들린다
어두운 땅속, 광장의 아스팔트 밑
그 우렁찼던 자유로의 함성
찢긴 깃발
수만의 촛불 꺼지고
지금 무슨 소리인가 핏빛 항쟁의 자국만 남고
내 사랑은 또 어둠에 묻히는구나
그날, 밝기도 전에 묻힌 그 어둠을 잊지 말아야지
어서 그 나락의 심연에서 기어나와 새 길을 열어야지
친구여!

분명 악몽을 꾼 거다
밀치고 일어나 다시 부르자
우리들의 노래, 찢긴 깃발의 노래
사랑의 노래, 자유 정의, 해방의 노래

새해
― 갑오년

사나운 청말 타고
새해가 밝았다

문득 추운 하늘에서
피눈물 내린다

불통과 독선, 오만에 치를 떨던
한 젊은이의 분노가
불꽃으로 승천하여
투명한 피눈물로 내린다

안녕하지 못한 숱한 염원들이
핏빛으로 새해 구름에 깔려 있다

소묘 4

― 백지

저무는 창가에 선다

눈 내리는 하얀 한겨울의 바깥이 춥다

머리가 아프다

눈이 흐리다

느닷없이 백지 한 장이 창문을 가린다

잃어버린 사랑이 무색의 꽃잎으로 지고 있다

일상이 된 내 불명(不明)의 배회가

거기 황혼의 발자국을 남기고 눈물로 가고 있다

가라앉은 꽃잎을 떠 흩뿌린다

선홍의 사랑

아픈 과거가 흐른다

들리지 않는 멜로디가 길을 인도하고 있다

엄마!

언젠가 집사람 소국당이 살았을 때 들은
돌아가신 내 어머니에 대한 얘기다

오랜 병고로 누워 계시던 때였을 것이다
아무도 없이 혼자 병수발을 하던 그녀가 물었단다
"어머니, 누가 제일 보고 싶으세요?"
그러자 쇠약한 기력에 거의 말씀이 없으시던 어머니가
뜻밖에 큰소리로
"엄마!"
하시더란다
"어머니"가 아닌 "엄마!"다
그때 어머니는 소천(召天)을 기다리던 여든다섯
노환의 어른
그날 직장에서 귀가한 나는 그 소리를 듣고 한참을
울었다

아, "엄마!"

그 소국당도 떠난 지 이미 3년

산수(傘壽)날을 지내고 아이들과 그녀 산소를 찾은 날
사십이 넘은 막내가 가만히 제 어머니 무덤 앞에서
"엄마!" 하고 부르는 소리가 들렸다
돌아와 어두워진 방
아버지, 어머니, 그리고 아내 소국당 영정 앞에서
머리 허연 내가 불현듯
"엄마!" 하고 부른다
내일은 부활절
한동안 눈물이 그치지 않는다

개망초 연가

떠나온 동오리 시국헌 뒤뜰에
여름이면 지천으로 피던 개망초꽃
잡초라며 돌아보지도 않던 그 꽃이
이 여름 여기 동백에는 왜 이리 귀한 걸까
원래(遠來)의 벗 찾아와
막걸리 한 잔 마시고 걸어오는
아파트 울타리에 한 무리 수줍게 피어
고개를 내밀고 있었다
소나기 한 줄기 퍼붓고 지나간 그 자리에
함초롬이 이슬 먹고 거기 흔들리고 있다
무심코 다가가 한 줌을 꺾는다
영정 앞에 놓아주고 싶어서다
꺾어 들고 걸어오는 걸음이 차츰 무거워진다
그냥 거기 피어 있게 놓아 둘 것을……
집에 왔을 때 야생의 꽃들은 거의 시들고 있었다
"아, 물망초, 내 사랑아!"
서둘러 꽃병에 물 담아, 아버지, 어머니,
그이의 영정 앞에 나누어 놓는다

한참 후 신통하게도 그 작은 꽃들은 다시 소생하여
영정 앞을 밝혀 준다
그래 이런 것이구나, 저 여린 꽃들처럼
사랑은 다시 내 가슴에 살아나는구나
그리운 이들이여!

산수령(傘壽嶺)을 넘는다

참으로 긴 세월의 고개를 넘어왔구나
굽이굽이 80굽이
험하고 눈물 많던 고개, 고갯길
한 많던 굽이길, 가시밭길
그 길을 이렇게 쉽게 넘다니……
그 많던 동반(同伴)들
아리고 아픈 내 사랑, 불꽃 노을에 타버린
아리고 아픈 내 사랑
따뜻했던 피붙이, 그 친구, 그 여인들
이제는 손 놓고 떠난 이들
그 문 들어서 이제는 꿈의 본향(本鄕) 찾았는가

저무는 노을 속
바람 소리, 새소리,
훈향 어린 나뭇잎 소리는 여전히 아름답지만
험한 길, 눈물 고개, 굽이굽이 그 길은
남은 세월 또 얼마나 남았는가
산수령을 넘는다

친구여, 동반자여, 노을 속 사랑하는 이여
식어가는 손길이나마 잡고 가자
잡고 가자
추우면 달리고
더우면 천천히
이제는 유연한 흐름 타고 흘러 흘러서 가자
우리들의 본향으로
그이들 기다리는 꿈의 본향으로

아, 불통의 하느님 들으소서

음산한 거리 붐비는 인파 속
어디선가 종소리 들린다
시린 몸 움츠리며 그 소리 좇아가
검은 냄비 안에 부끄러운 푼돈 넣는다
붉은 옷의 종치기 두 분
웃으며 허리 굽힌다

불통의 높은 의자에 앉아
불통의 뜻 모를 말씀만 연발하는 그이들은
정녕 안녕하신가
안녕하지 못한, 가난한 시민들은
주림과 추위에 떨면서도
냄비에 온정을 쏟는다

아, 하느님
창조의 하느님
구원의 하느님
왜 이리 춥습니까

불통의 하느님

가슴에 찬바람 일며

아니 분노의 불꽃으로 몸을 달구며

저 거리에서 외치는 이름 없는 백성들의

함성을 들으소서

오늘은
― 숲 속에 눕는다

끊임없이 학대받으면서도
사철의 험한 길 이기고 돌아와
여전히 푸르고 싱싱한
저 숲에 가
오늘은 눕고 싶다
누워서 나 또한 한낱 자연이고 싶다
눈감고 누워서 먼저 가신 이들의
쓰라린 사연
그리운 모습 그리며
조용히 울고 싶다
막힘없이 부는 훈풍이
이 상처 입은 가슴의 멍울 풀어 주려나
고요히 눈물 흘리고 싶다

학대받고 갈라진 이 겨레
이 강산의 내일을
나의 눈물
당신의 눈물

우리들의 눈물로 씻고 쓰다듬고
치유하여
승리의 내일을
저 생명의 숲 나무들 사이로 보이는
하늘에 걸고 싶다

외포리의 갈매기

〈한 무리 꽃잎처럼
갈매기 무리져 날고 있다
아름다운 비상이다
싱싱한 자유다
소망이다〉

어젯밤 그들은 어느 꿈에 머물다
아픈 추억 물고
여기 외포리 바다 위를 날고 있는가

북녘의 바다에서 남녘의 하늘로
남녘의 바다에서 북녘의 하늘로
내 겨레 뜨거운 가슴은 여전히 먼데

무리져 끼득이는 자유의 갈매기
우리 소망은 어디서 날고 있나
가고파도 못 가네
그리워도 못 만나네
아, 우리 사랑
누가 이 땅을 둘로 갈라 놓았나

인사동 아리랑 1
— 비

인사동을 걷는다

스산한 경인년 여름, 비는 멎지 않았다
찻집 〈귀천〉의 주인 목순옥 여사도 떠났다
그녀는 거기 하늘나라에서
그리운 천상병 시인 만나
이 세상 소풍 끝내고 아름다웠다고 말하였을까

세월의 이끼 낀 인사동을 걷는다

흐르는 세월처럼
눈물처럼
비는 멎지 않는다

인사동 아리랑 2
― 황혼

붐비는 인파 속에도

내가 찾는 이는 없다

오늘도 인사동 걷기는 허전하다

추억처럼 불빛이 켜지고 있다

열이 오르며 목이 마르다

잃어버린 불모의 사랑이 허공을 맴돈다

어딘가 전화라도 걸까

눈시울만 시큰할 뿐

휴대전화를 만지는 손가락은 뻣뻣이 움직이지 않는다

종로 쪽 멀리 남산이 다가오고

차츰 어둠의 장막도 깔린다

나 이제 또 어디론가 돌아가야 하리

그이의 아지트였던 찻집 〈보리수〉도 없어졌다

진공의 거리

어디선가 그리운 이들 목소리 들리는 것 같다

돌아가리

돌아가리

그런데 이 끝없는 외로움은 무엇인가

풀리지 않는 눈물의 의미와 그리움은 무엇인가
기다리고 있을 밤의 공동이 두렵다

인사동 아리랑 3

─ 조락(凋落)

망팔(望八)의 백수 셋이
실로 몇 년 만에 만나
수입 동태로 끓인 매운탕을 떠먹으며
지나온 세월을 이야기한다

불면 쓰러질 듯한
고등학교 교장 출신의 골골 영감은
연신 화려했던 젊은 날을 회고하며 희미하게 웃는다
오래전 심근경색으로 수술을 받았으니
그 신나던 주유(酒遊)와 여인 편력을
회상이나 할 수밖에……

유명한 S대 출신의 전직 교사는
그 비상한 두뇌는 여전한데
온몸의 관절이 아파, 견디다 못해
몇 번이나 자살을 하려고 했노라고 푸념이다
마누라가 대장암 수술을 하고
자기는 이제 겨우 통증에서 좀 벗어나

이렇게 조금씩 나다닌다나……
그래도 그 맛 못 잊은 듯 백세주 한 병 시켜 권하며
홀짝거린다

많은 세월이 흘렀다
그의 형이 내 중학교 동창이다
그 지겨운 전쟁에 끌려 나가 행방불명이 된
그와 나는 친한 친구였다
생각도 하기 싫은 이념의 회오리바람에
영문도 모르고 휩쓸린 쓰라린 지난날
그와 내가 겪은 비극적 소사(小史)다

그가 지난해 떠난 내 아내의 부음에 결례했노라고
새삼 눈을 붉힌다
자리도 지루하고, 셋이 다 숨이 가쁘다
후일을 다시 기약하고 헤어진다
밖은 아직도 훤하다

인사동 아리랑 4
— 황무지

늘 다니던 길인데
갑자기 물감을 뿌린 듯
내 눈에는 이상한 필터가 걸린다
동서남북이 분별되지 않는다

그이가 떠난 여기는
스산한 여기는
내 마음의 황무지

가면을 쓰고
물구나무 선 이들이 다가온다
그리운 이름들이 나비처럼 춤을 춘다
황혼을 마신 이들이 흐느적거리고 있다
갈 길 잃은 내가 헤매고 있다

인사동 아리랑 5
― 11월

우리 눈물처럼

지는구나

떠나는구나

11월 어느 날 들어선

그 길 초입의 은행잎

쌈지길 앞의 버드나무

바람에 날리고

떨어지는 가랑잎 밟으며

오늘도 검은 바랑 짊어진

외로운 그림자 하나

잃어버린 그리움 찾아

아리랑 아리랑 아라리요

이 길 저 골목

헤매는구나

헤매고 있구나

인사동 아리랑 6
― 세모(歲暮)

눈이 내릴 듯

우중충한 하늘이 겨울 햇살을 가린

인사동 뒷골목을

약속도 없이 배회하고 있다

섣달그믐이 내일인데

이제 곧 질곡의 경인년은 가고

새해가 온다는데

이 굽이에선 작은 꿈이라도 영글려나

흑룡(黑龍)의 임진년이 온다는 날

인사동 아리랑 7
― 유목민 이야기

날이 저문다

해가 저문다

골목길의 모습이

기우는 낙일(落日)에 젖어 낯설다

갑자기 붐비는 인파, 시끄러운 소음이 멎고

홀로 그 길을 가고 있다

이 황무지, 사막의 유목민들은 모두 어디 갔나

갈증을 풀던 그늘, 오아시스는 또 어디 갔나

문득 거기 찻집 〈귀천〉이 보인다

혀 짧은 소리로 부르던 천상병,

그의 부인 목순옥,

허름한 옷차림에 허름한 바랑 짊어진 민병산 선생,

4·19의 뛰어난 시인이며 그의 절친한 친구 신동문,

삐딱한 헌팅모, 멋진 홈스팡 영국풍 신사 차림의

방송작가 박이엽,

그이들이 거기 앉아 있다

움직임이 없다

슬프다

정물화된 골목을 벗어나

큰길로 나서는데

쭈그러진 모자에 카메라를 든 유목민 한 사람을 만났다

그 옆에 개량한복의 예쁜 사진작가가 웃고 있다

이 삭막한 인사동의 길잡이 부부

막힌 가슴이 뚫린다

소음이 들리고

정물화된 풍경이 움직인다

다시 한세월은 가고

나는 또 그리운 이들을 찾아 이 거리를 헤맬 것이다

부활

오래간만에 산을 오릅니다

축축한 땅 밑에서 부활의 소리 들립니다

잃어버린 희망의 노래도 들리는 듯합니다

하늘에 뜬 흰 구름 한 점, 외롭습니다

쳐다보면 눈물이 납니다

그렇게 덧없이 침몰한 숱한 노을 속의 어제가

우리들의 소망, 촛불의 사랑이 다시 보이는 듯합니다

그렇습니다, 질곡의 밤은 결코 길지 않습니다

나뭇잎이 흔들립니다

어디선가 들립니다

따뜻한 이웃의 사랑이 꺼진 불 다시 켜고,

굳게 손을 잡고 이어진다고 속삭입니다

갈라짐과 헤어짐은 결코 영원하지 않습니다

꼭 다시 이어지고 밝고 따뜻한 그날은 옵니다

부활의 봄은 꼭 옵니다

나뭇잎이 흔들립니다.

축축한 땅을 밟고 나는 산을 오릅니다

인터넷 카페

밖에는 눈이 오고
오늘은 크리스마스 이브
화이트 크리스마스를 맞는다

먼 산 바라보며 무료히 앉아 있다
인터넷 카페 〈동오재〉의 문을 연다
온갖 소식과 명언, 영상, 음악, 시……
그리운 이름들이 뜬다
안개 낀 역사는 가슴을 조인다

광복 반세기도 지나
겨우 해금된 이름, 글들이
아프게 시야로 들어온다

아픈 시대의 질곡에서
뼈저린 영욕으로 입소문에 오르는
선배, 스승들의 자취도 보인다

폐허의 거리에서 만나

실조(失調)의 우정을 나누며
그래도 뜨거운 가슴으로 시를, 청춘을
함께 노래하고 불사르던
지금은 귀천한 친구들도 거기 있다

카페의 스크린은 눈부시게 흐르고
혼미한 머릿속에
이제는 나 떠난 〈시국헌〉 〈동오재〉의 뜨락에서
장어구이로 문우들 대접하던 아내 소국당(小菊堂)
그이도 이미 거기 들어가 있다

눈이 내리네
오늘은 크리스마스 이브
하얀 눈이 내리네

풍선기(風船記)

눈물 젖은 땅 흔들리고
잔뜩 찌푸린 하늘이 겨우
여백을 드러낸다
아름다운 노을이 불타고 있다
같은 핏빛으로 헤아릴 수 없는
풍선이 날고 있다

울음소리 들린다
풍선 안은 걷잡을 수 없는 상념으로 가득하다
흐느적거리는 천한 자본의 행패
천한 이념의 고집
추한 세습의 몰골
꼴사나운 삽질의 부채(負債)
어디를 보아도 아득하다
어디를 보아도 눈물이 난다

　향방을 잃은 풍선이 강줄기를 넘어 유자철선(有刺鐵線) 위를
날고 있다

이제는 꽃피는 4월

저기 불타는 노을 속

달구어진 쇠스랑, 삼지창, 낫자루, 곡괭이,

아니지 하다못해 호미자락이라도 들고

다시 한 번 어두운 망발의 굴레를 부수고

사랑을 위해

평화를 위해

거기 희망을 각인하여 띄울 수는 없는가

저기 막힘없는 아름다운 노을 속으로 띄울 수는 없는가

향방을 잃은 풍선이 강줄기를 넘어

유자철선 위를 날고 있다

어떤 추상화(抽象畵)

아직 다리는 놓이지 않았다
섬과 섬들은 여전히
멍든 가슴을 치며 외롭게
구원을 기다리고 있다

능욕당한 촛불이
침울한 하늘에 걸려
노을로 불타고 있다

까마귀 떼가 날며
사방에 무수한 눈들이 노려보고 있다
숱한 귀들이 엿듣고 있다

그들은 어디로 갔는가
안타까운 숨소리만 남고
거리에는 통곡의 어둠이 깔린다

안개 낀

고공에서
창고에서
농장에서
어선에서

섬과 섬들은 여전히
목이 터져라 아우성치며
구원을
자유를 기다리고 있다

기상도(氣象圖)

바늘이 거꾸로 돌고 있다
이상 고온으로 무더운 가을날
2008년 한국의 하늘 밑
시곗바늘이 일제히 거꾸로 돌고 있다

어디선가 실성한 듯
거대한 손들이 춤을 추며 웃고 있다
무리들은 그들만의 기쁨에 겨워
바늘을
역사의 수레바퀴를 거꾸로 돌리고 있다

어둠은 허리케인을 타고
태평양을 건너와
이 땅에도 몹쓸 비바람을 뿌린다

만나야 할 사람들의 거리는
더 멀어지고
우리들의 사랑은
몽땅 미분양이다

제 2 부

미로(迷路)

　눈은 밤새도록 내렸다 사방이 하얗게 뒤덮여 방향을 가늠
할 수 없었다 우리는 또 밤새도록 힘없는 발걸음을 옮기고 있
었다 목표물이 전혀 없는 눈 덮인 벌판에선 앞선 사람의 발자
국만 밟고 따라갈 수밖에 없었다 그렇게 걷고 또 걸었다 얼마
를 걸었을까 먼동이 트기 시작하며 사방이 훤해졌다 눈은 어
느덧 멎고 아무 흔적도 없는 벌판에 우리 발자국만 선명하게
찍혀 있었다 동그랗게 동그랗게 직경 십여 미터의 원을 그리
며 그 발자국은 제자리에서 빙글빙글 돌며 찍혀 있었다 1951
년 1월 후퇴 대열에서 낙오한 우리 다섯 사람의 전쟁터는 그
렇게 갈피를 잡을 수 없는 미로를 헤매고 있었다

비망록에서 1
― 4 · 19혁명 점묘

요란한 불자동차 소리 나더니
깃발, 옷가지, 손수건 따위를 흔들며 소리치는
신문팔이, 구두닦이, 막노동자, 노점상, 지게꾼 같은
누추한 몰골의 젊은이들을
뒤칸에 잔뜩 태운 소방차가 와 멎었다
많은 인파가 몰려 있는 을지로 입구 내무부 청사 앞
1960년 4월 20일
온 장안이 데모대의 함성으로 뒤덮이고
사방에선 총성이 울리고
신문사가 불타는 등, 거리는 질서가 무너지고
영구 집권을 꿈꾸는 불의와 부정의 무리들
물러가라 소리치며
폭압으로부터의 해방과
3 · 15 부정선거의 무효화를 요구하는
데모대의 함성이 요동치고 있었다

시내 곳곳에서 함성이 일고
저녁 어스름이 깔린 거리에서

나는 비겁한 방관자였다

내무부 청사 정면에는 기관총인 듯한
무기가 이쪽을 향하고 있었다
민중의 자유를 억압하는 '자유당'
그 망령의 방패가 단말마를 맞아 곧 불을 뿜을 듯
이쪽을 향하고 있었다
"모두들 내리시오. 저놈들을 깔아뭉개겠소"
운전석에 앉은 시커면 얼굴의
이미 사상(死相)을 띤 젊은이가 외쳤다
놀란 사람들은 우르르 뛰어내렸다
순간 청사 쪽에서 총성이 울리고
비명 소리가 나고 몇 사람이 쓰러졌다
부르릉 시동을 건 소방차가
그 정면으로 돌입했다
'쾅!'
총소리가 멎고, 누구랄 것도 없이
와! 박수가 터지고

"만세! 만세!"를 불렀다

그때 학생들이 앞장선 4 · 19의 혁명은
어쩌면 이렇게 소위 양아치들, 밑바닥 민초들의 가담으로
승리했는지도 모른다

비망록에서 2
― 철거

어머니는 밥상을 들고
어쩔 줄 몰라 우왕좌왕하셨다
오후 다섯 시까지 철거하라는 통지를 받고
그 집에서의 마지막 식사를 하려던 참이었다

서울 중구 광희동 2가 65의 2
그 험한 전쟁에서도 용케 견뎌
늙으신 어머니와 우리 삼 남매에게
풍상을 막아주던 남루하지만 따뜻했던 판잣집

돌연 밖에서 쿵 하는 굉음과 함께
천장에서 풀썩 먼지가 일며 와르르 깨어진 기와가
쏟아져 내렸다
시간은 아직 다섯 시 전이었다
나는 충혈된 눈으로 밖으로 뛰쳐나갔다

건장한 사내가 시커먼 얼굴로 해머를 휘두르고 있었다
"야, 이건 살인 아냐.

어떻게 사람이 안에 있는데 집을 허물어"
나는 그의 팔에 매달리며 소리쳤다
"그리고 아직 다섯 시 전이잖아"
그러자 사내는 싱긋 웃으며 턱으로 가리켰다
"난 몰라요. 시키는 대로 할 뿐이지.
저 사람한테 가서 말해 봐요"
거기 한 사내가 다리를 꼬고 앉아 있었다
그리로 쫓아가 나는 같은 소리를 외쳤다
그러자 그가 말했다
"공무 집행 방해!"라고

얼마 전부터 일대의 철거 소문이 나고
동회 직원들이 돌아다니며
상계동에 대토(代土)를 줄 테니
자진 철거하라고 회유를 했는데
주민 대부분이 떠난 그 집에서
나는 끝까지 버티고 있었다
사실 그 무렵 상계동은 사람이 가서 살 데가 아니었다

생활 기반시설은 물론, 그들이 준다는 땅도 황무지일 뿐
아무 가치도 없었다

여기저기서 비명 소리가 나고
식구들이 뛰쳐나와 멍하니 바라보는 거기서
우리 집은 허물어져 갔다
동회 직원들은 모두 어디론가 달아나고
동회는 텅 비어 있었다

문득 무등산 판잣집 철거 때 불붙은 집을 보고
철거반원을 살해한 현역병 생각이 났다
"오, 하느님!"
1967년 부정부패를 척결하고 국가의 혼란을 막기 위해
일어났다는 군사정권의 불도저 시장이라는 자가
경제 개발과 신도로 건설이라는 미명하에
저지른 만행이었다

출근

사무실이 술렁이고 있었다
1970년대의 어느 날
평소처럼 시간 맞춰 출근했더니
여느 때 같으면 조용히 근무 준비를 하고 있을
편집부 분위기가 심상치 않게 술렁이고 있었다
내 책상에는 〈×× 서 ×× 과 K모〉라는 명함이 놓여 있고,
이윽고 급히 다가온 직원 한 사람이
"누군가 두 사람이 아래 다방에서 기다린대요."

영문도 모르고 내려간 다방 구석에서
웬 잘생긴 젊은 사내 하나가 엉거주춤 일어나
아는 체를 한다
그는 이미 나를 알고 있는 모양이다
그가 명함의 주인이었다
그 옆자리에서 또 하나,
날카로운 눈매의 사내가 고개만 까딱했다
"무슨 일입니까?"
"백 선생 아시죠?"

잘 안다는 내 말에 그는 또 물었다

"그분 어디 가셨죠?"

"몰라요."

그러자 옆자리의 눈매 사나운 사내가 말했다

"왜 이래요.

며칠 전 저녁 ○○대폿집에서 같이 술 마셨잖아요."

"그래서요?"

"그러고 어디 갔냐 말예요?"

"친구끼리 대포 마시는 것도 안 돼요?"

"그게 아니라 그 다음 그분이 어디로 갔냐 말입니다."

"내가 그걸 어떻게 알겠소.

술값 내고 나오니까 이미 그는 어디로 가고 없습디다."

실제로 그랬다

"그리고 나하고 술 마신 것까지 아는 당신들이 잘 알지,

이따금 찾아오는 그가 어디 갔는지,

내가 알 까닭이 없지 않소."

며칠 후, 전무가 불러 올라갔더니

"백 선생이 친구시라구요. 자주 만나시나요? 좀 삼가시죠.
 오너가 알면 좋을 게 없잖아요."
그리고 그 다음다음 날 모교 친구에게서 전화가 왔다
"요즘도 백하고 자주 만나나?
 누가 와서 자네 신상에 대해 자세히 묻더군. 조심하게."

그 후, 내 출근길은 무거웠고 무척 우울했다

편지 1

별빛이 길을 내었나 보다
자고 나면 색깔이 바뀐
나뭇잎의 행렬이
산을 기어오르고 있다
노랗게
빨갛게
혹은 희끄무레
바뀐 색깔
날마다 산을 기어오르고 있다

물은 속이지 않는다

물은 속이지 않는다
산은 속이지 않는다
지키는 이에게 축복을 내린다
푸른 마음 검은 마음
맑은 물 더러운 물
사랑으로 끌어올려
빗물로 내려 주면
그 빗물 받아
생명의 원천으로 되돌린다

그대는 물이다
그대는 산이다
물과 산 한 몸 되어 살 섞고
땅 밑으로 흘러 흘러
샘물 실개천 늪으로 모이고 모여
산굽이 돌고 돌아서 강물 이룬다

산과 물은 한 몸이다

거기 다시 온갖 물고기 나무 풀포기
곤충 새 날고 기쁨으로 뛰는 짐승들
생명의 합창 있다
물은 씻어 내는 것이다
산은 품고 정화하는 것이다
우리는 물이다
우리는 산이다, 자연이다

동오리(東梧里) 1

먼 길 돌아와
여기 산다
어린 날
젊은 날
즐거운 날 괴로운 날
돌고 돌아서
지금 여기 산다
하얀 울타리 속에
소리 없이 어둠이 깔린다

동오리 13

가지에 손 찢기고
벌레에 쏘이고
애써 심은 나무
싹트지 않는다
서투른 솜씨로 물 주고
비료 주고 다듬고
기도하는 마음으로
날마다 바라보는데
한여름 팔월에야
움이 트더니
이 가을
온통 발갛고 노랗게 단풍지는데
너만이 파랗구나
어린 감나무야
우리 집 감나무야

동오리 14

삼월 폭설, 쌓이고 녹더니
온 산, 온 마을이
부활의 눈을 뜨고 있다
산자락 넘어 이어진 오솔길은
실종된 사랑 찾아
지나온 세월을 신고
이윽고 화신(花信)처럼 달려올 것만 같다
동오리는 오늘도 조용하다
앞산 능선 위로 훈풍처럼 구름 흐르고
초목들 기지개를 켜고
새들은 지저귀고 있다

동오리 15

그대 바람으로 떠나요
떠난 김에 훨훨 날아
산 넘고 물 건너
이 봄의 씨앗 실어다
거기에도 뿌려줘요
샘물가 돌 틈에도
뒤울안 툇마루 주춧돌 사이에도
정자나무 그늘에 쉬는
그이들의 마음밭에도
뿌려줘요, 봄의 씨앗

동오리의 봄 씨앗 날아
녹슨 철조망, 지뢰밭 넘어
그리로 가요

동오리 16
― 설경

예쁜 박새 울음 그치더니
대문 옆 한 그루 소나무 꼭대기
가지 파르르 떨리고
잔설 몇 송이 날려 떨어진다

마을은 고요하다
전화가 울린다
집어든 수화기 저쪽에서
흐느끼는 소리 들린다
듣지 않았으면 좋을 부음이다
오랜 투병에도
높은 신앙심으로 꿋꿋하던 누님의 소천
하와이로부터의 소식은
순간 내 귀청을 때리고
내 머릿속은 하얗게 바래, 바래
눈물도 나지 않는다

달려가 볼 수도 없는 처지를

비감하게 조카에게 전하고

기도나 하마, 하느님 곁에서 평안하라고
명복이나 빌마, 하고
힘없이 수화기를 놓는다

아, 이역만리 얼마나 외로웠으랴
얼마나 서러웠으랴
가슴 저미는 슬픔 씹어 삼키며
오늘 동오리 시국헌의 아침은 춥다

동오리 22
― 전설

하얗게 눈이 오고

어느 날 그 눈이 녹던 날

여자는 떠난다

도랑의 물속에

꿈처럼 숨어

그녀는 어디론가 흘러가고 있다

이윽고 강물을 만나고

두물머리 남북의 강물을 만나고

여자는 갑자기 알 수 없는 희열에 사로잡혀

미친 듯 춤을 춘다

춤과 더불어 뒤척이며 잉태를 하더니

흘러 흘러 바다로 간다

덤벼드는 숱한 수컷들을 웃으며 울며

뿌리치고

바다로 바다로 흘러간다

바다에서는 더 많은 수컷들이

웅성거리며 덤벼들었으나

이미 절정의 사랑을 맛본 여자는

거대한 바다 그 자체가 동반자였다

시간이 흘러

둥근 달이 뜨는 만월의 밤

여자의 배는 터질 듯이 부풀어 그녀는 떠나온

모천(母川)이 그립다

입덧으로 온갖 바다의 쓰레기를 하얀 모래밭에 쏟아 놓고

강물을 거슬러 도랑으로 돌아온다

모락모락 꿈의 물안개로 피어오른다

오늘 동오리는 다시 눈이 내리고 쌓이고

우리들의 사랑은 여전히 춥다

동오리 26
― 암 병동에서 1

다인실(多人室) 병실 창 너머로

비치는 햇살을 받아

하얀 아내의 얼굴이

흡사 어린애 같다

위암 절제 후 바싹 마른

고목 같은 그녀

눈물

아, 눈물의 꽃이슬 같구나

오늘은 고통 없이 그녀의 잠 속에

천사가 머물려는가

아내의 얼굴이 유난히 하얗다

하얘 보인다

동오리 32
— 빈집

빈집이 부르고 있다

밤마다 홀로 자리에 누우면

버려둔 동오리 빈집이 부른다

평생을 함께하던 그이가 떠나

지친 심신을 달래려 와 있는 막내네 집

작은방에 누우면

꿈에도 찾아오지 않는 그이가 야속하다

사진 속 젊은 그이는 웃고 있는데

찢어지는 가슴

하얗게 표백되는 머리

어디선가 소리 없는 소리 들린다

하얀 울타리 속에서 흐느끼는

빈집의 소리 들린다

빈집이 부르고 있다

동오리 34
— 무명화(無名花)

저무는 전철역 출구를 나온다

거기 가난한 꽃장수 있었다

이름 모를 꽃들이 작은 화분에서 웃고 있다

하늘의 소국당(小菊堂)이 보면 좋아할 듯한

보랏빛 꽃이 핀 화분을 골라

거금 이천오백 원을 지불하고 산다

들고 와 그이의 영정 앞에 놓으니

썩 잘 어울린다

국화 중에서도 작은 들국화가 좋아

당호도 소국당인 그이

그이 영정 앞에서

가련한 국화 닮은 무명화(無名花)가 예쁘다

영정 속의 젊은 그이가 웃고 있다

영정 밖에서 백발의 내가 웃고 운다

첫눈 2

첫눈 내린 날
얇은 홑이불 끝없이 깔린 것만 같다
처음으로 사랑하는 여자 보듬던 날
어쩌면 잠자리 날개 같은
홑이불 덮어
그 사랑 확인하던 그것
그래, 그래 맞아
그 홑이불 끝 간 데 없이
퍼지고 퍼져
산 덮고 강 덮고
철조망 덮고 덮어
칠천만 겨레 덮어
우리 사랑 확인하는 날
첫눈 내린 날

삼도천 기행(三途川 紀行) 1

뒤에선 포성이 들리고
굶주리고 지친 우리는 비틀거리며 걷고 있었다
강산은 하얗게 눈으로 덮여 있었으나
숱한 발길에 밟힌 길은 녹으며 질척거렸다
터진 신발로 스며드는 찬 물기에 얼어 발은 감각이 없었다
그때 우리에게는 밤낮이 없었다

북의 전력에 밀려 남으로 후퇴하는 우리에게는
일체의 보급이 끊기고 잠잘 곳도 없었다
외딴집을 보면 불을 지르고 동사(凍死)를 면했다
하루 한 끼, 얼어 터진 주먹밥이 실낱같은 목숨을 부지시켜
주더니
그것도 멎었다

어디쯤일까
서너 사람씩 팔짱을 끼고 밤새 걷고 있던 우리는
또 몇 사람의 낙오자를 내고 비틀거리며 걷고 있었다
극한 상황에서 한계에 이른 우리는

차츰 대열을 이탈하는 낙오자와 쓰러져 잠드는 이들을 외
면하고
  걷고 또 걸었다

  감각이 없었다
  집이 그립다
  따뜻한 가정, 가족들이 그립다
  눕고 싶다
  그만 누워서 쉬고 싶다

  앞이 안 보인다
  노란 장막이 시야를 가리고
  눈 덮인 하얀 산하와 질척이는 길이
  아늑한 안방처럼 느껴진다

  갑자기 누가 소리치며 내 따귀를 때린다
  "야, 정신 차려!"
  후딱 꺼지던 정신이 든다

비틀거리는 나를 잡아 주는 그도 비틀거리고 있다
시커먼 얼굴에 실룩이는 힘없는 웃음을 나눈다
저승의 문턱에서 잡아준 그가 고맙다

다시 또 걷는다
이제는 정말 한계인가 보다
눕고 싶다
누워서 쉬고 싶다

길가 하얀 눈밭 위에 뭔가 까만 것이 있다
무의식중에 그것을 주워 입에 넣는다
오징어 다리다
누가 먹다 떨어뜨린 오징어 다리다

입에 침이 고인다
시야가 말갛게 밝아진다
유령 같은 사람들이 보인다
전후좌우로 비틀거리며 걷고 있는 젊은이들

1951년 1월

열아홉 살의 나를 포함한 헤아릴 수 없는 젊은이들이

〈장정 소개령〉이라는 포악한 포고(布告)에 끌려가고 있었다

제3부

이름 짓기

첫아들을 얻었을 때
그 이름을 일구(一求)라 지었다
오로지 뜻을 세워
정의로운 길 선한 길
그 한길과 큰 것을 구하라는 의미였다
둘째 아들을 낳았을 때
그 이름을 민구(民求)라 지었다
꺼져 가는 이 땅의 민주주의를 구하고
민중 곁으로 가라는 내 욕심
염원을 담았다
첫 조카를 보았을 때
그 이름을 중구(衆求)라 지었다
이름 그대로 민중
그들과 멀어지지 말고 찾으라는
간절한 기도였다
셋을 합하여 일민중(一民衆)
오로지 민주의 불씨 되찾고
큰 무리 민중의 힘 보였으면 하는
70년대의 내 소망이었다

새벽 1

잠 설치고
나선 새벽 뜨락에
놀라워라
그분은 조용히
내 곁에 와 계셨다
아직 그림자로 있는 앞산
희뿌옇게 동트는데
구름인가
구원(救援)인가
거기 그분 모습 보인다
아득한 그대 눈길
나의 눈길 타시고
그분은 조용히
거기 조용히 와 계셨다

아버지

눈을 감는다
깡마른 단구(短軀)의
아버지 모습 떠오른다
이승을 떠난 지 이미 반백년된
아버지
막노동 미장이 일
지치고 지쳐 독한 술로
한(恨) 푸시더니
일본놈 망하는 꼴 보고 죽으리
일본제국 만세를
'망세(亡歲)'로 부르셨다는
무학(無學)의 아버지
첫눈 오는 조용한 산촌에서
오늘 왜 그런지
그분이 그립다

대학로

삐걱거리는 학림다방 층계를 올라

60년대의 추억을 곱씹으며 차를 마신다

온갖 회한이 서린다

이미 고인이 된 친구

혹은 기다리지 못하고 떠난 사랑

세월은 주마등

이제는 종착점도 보이는 것 같다

문득 창밖

대학로 아스팔트 밑에서

함성이 들린다

뜨거웠던 4 · 19

재를 뿌린 5 · 16

그리고 거기 감연히 맞선

70년대, 80년대의 함성

우렁찬 고함 소리

아직도 답답한 이 가슴의 응어리는 무엇인가

대학로의 날이 저문다

발화(發花)

비는 멎지 않았다

희뿌연 물보라 속 그 안에서

꽃은 몸살을 앓는다

줄기에는 물이 아니라 피가 흐른다

멍든 사랑으로 햇살은 흐리고

눈먼 사람들은 제 짓거리들을 찾아 떠났다

바람이 불 때면

흔들리는 잎으로 오열을 삼킨다

시시로 더해 가는 신열이 온몸을 달구면서

달이 지는 시간에

혹은, 제 무게를 감당치 못하고

별이 쏟아지는 미명에

꽃은 핏빛으로 물들면서

아프게

아프게 피어난다

경안리에서

"이놈의 전쟁 언제나 끝나지. 빨리 끝나야 고향엘 갈 텐
데……"
　때와 땀에 절어 새까만 감발을 풀며 그는 말했다
　부풀어 터진 그의 발바닥이 찢어진 이 강산의 슬픔을
　말해 주고 있었다
　지치고 더럽게 얼룩진 그의 몸에선
　어쩌면 그의 두고 온 고향 같은 냄새가 났다
　1950년 8월의 경안리 주막
　희미한 등잔불 밑에서 우리는 같은 또래끼리의
　하염없는 얘기를 나누었다
　적의(敵意)는 없었다
　같은 말을 쓸 수 있다는 행복감마저 있었다
　고급 중학교에 다니다 강제로 끌려 나와 여기까지 왔다는 그
　그에게 나는 또 철없이 말했었다
　"북이 쳐 내려오니 남으로 달아나는 길"이라고
　적의는 없었다
　우리는 서로 쳐다보며 피식 웃었다
　굶주리고 지친 사람들은 모두 잠이 들고, 우리만

하염없는 얘기로 밤을 밝혔다
그리고 새벽에 그는 떠났다
"우리 죽지 말자"며 내밀던 그의 손
온기는 내 손아귀에 남아 있는데
그는 가고 없었다
냄새나고 지치고 더럽던 그의 몸과는 달리
새벽별처럼 총총하던 그의 눈길
1950년 8월 경안리
새벽의 주막 사립문가에서 나는 외로웠다

물은 하나 되어 흐르네

1

노을 비낀 유연한 강물에
네 짧았던 생애가
눈물로 피는데
아이 노는 강둑에
낙엽이 진다
사랑도 간 스산한 계절

2

너는 사자였지
아니, 호랑이였지
여린 한국의 창호지에서
시정으로 뛰쳐나와
눈 부릅뜨고
발톱 날카로운

사납지만 착하디착한 호랑이였지
못난 놈
잘난 놈
보다 못해 뛰쳐나온
한국의 호랑이였지

3

물이야 막힌들 못 흐르랴
잠시의 고임 뒤엔 넘쳐서 흐르지
영산 · 낙동 · 금강
한수 · 살수 · 두만 · 압록
막아도 막아도 물은 넘치고
물은 하나 되어 흐르네

풍경

주여, 저들은 알지 못합니다
바람에 눕는 풀의 의미
반짝이는 아침 이슬의 의미
끊임없이 밀려와 부서지고 스러져도
다시 밀려와 부딪치는 물결의 의미
아픔과 사랑의 의미
저들은 모릅니다

서산에 진 해가
새벽이면 다시 동녘에 뜨고
낙엽 지면
발가벗은 나목이었다가
봄이 오면
더운 여름이 오면
다시 무성한 옷 입고
열매 맺는 나무의 의미

주여, 그게 당신의 섭리인데

어째서 이 고장에는 어둠만 깔리고
우리 동산의 나무는
낙엽, 낙엽만 집니까.

주여, 저들은 알지 못합니다
사랑과 옳음이 메마른 세상에선
밝음의 의미
열매의 의미 없음을
주여!

서울의 밤

1

모두가 잠든
서울의 밤에
뜬눈으로 밤을 지새는
사내 하나 있었네

강물은 왜 흐르나
강물은 왜 저항하지 않고
비키고 넘쳐 흐르나
그 슬기 어디서 왔나
어느덧
어스름 새벽은 다가오고
사내는 아직도 눈 못 붙이네

2

새는 울고 있었네
피 먹은 어둠을 온몸에

거적처럼 둘러쓰고

새는 한 알씩

피 토하듯 울고 있었네

벙글던 꽃잎마저

광풍(狂風)에 지고

이제는 지쳐서

돌아와 누운 사내

3

그이는 소식이 없었네

천근 무게로 짓누르는

가위에 놀라

소리쳐도 소리쳐도

그이는 소식이 없었네

그 따뜻했던 품

부드럽던 손길

솜뭉치처럼 감미롭던 사랑의 숨결

그 모두가 잠든 밤에
그이는 소식이 없었네

줄친 거리를, 술 마시고
미친 듯 달려
강을 건너고
가슴에 한 아름 바람을 안고 돌아와
지치고 지쳐서 누운 사내

    4

꿈을 꾼다
흩날리는 꽃잎
몰아치는 광풍
일어서는 물기둥
사내는 비로소 아네
그 슬기, 피울음,
그 인종(忍從),
모두가 잠든 서울의 밤에……

어느 늙은 시민이 그 아들에게 해준 이야기

콘크리트의 황폐한 들판에 일그러진 시계는 어둠을 가리키는데, 동터 오는 새벽 하늘에 갈기를 날리며 백마를 모는 여기수(女騎手)는 시방 어디로 가는 것일까. 하얀 허벅지에서 쏟아지는 선혈은 누구의 아픔인가. 매스미디어 사이사이에서 신음처럼 치솟는 시민의 신기루……

그 푸른 기와에 이끼 끼고, 기우는 전각(殿閣)을 훌쩍 뛰어넘는다.

유월

마을은 황량
모두들 어디 갔나
밭 갈고 씨 뿌리는 사람들
싱싱한 유월은 익어가는데
이제 여기에선 아무 일도
일어나지 않는다

구름과 바람
햇빛의 합창
풀과 나무 자라는데
사람의 마음이 없구나

익숙한 일꾼
힘찬 젊은이들
누구도 눈뜨지 못하고
하늘의 축복은 버림을 받는구나

차라리 먹장구름 몰려와

천둥 번개로 휩쓸어 버려라

황량한 마을

눈뜨지 못하는 마음

용인을 지나며

내 것이었던 땅은
남의 것 되어
철조망 안
알 수 없는 농원의 돈벌이 터 되었네
잘 닦여진 국도변 나무에는
무엇을 지키는가
무서운 박제의 사자
그도 언젠가는 듣겠지
쫓겨난 무리의 피맺힌 소리
언젠가는 알겠지
주린 자들의 배고픔
오늘도 아름다운 한국의 하늘
흰구름만 무심히 흐르고
그의 마음은 여기에 없네
모든 사람다움이
차디찬 외제 불도저에 허물려
묻혀 버린 용인벌
밭 갈고 씨 뿌리던 사람들은

목쉰 소리

지친 발길로 어디로 떠나고

허울 좋은 기업농의 임자가

제 사후의 무덤까지 마련했다는 이곳

그러나 그의 마음은 여기에 없네

여기에 없네

어떤 일기

1

비가 내리고 있네요
내다보는 창밖뿐 아니라
미역내 싱그러울
내 고향 어촌에도
이 비는 내리고 있겠지요

아, 꿈에도 못 잊을
그 고향엔
지금도 찌그러진 판잣집 아래
내 늙으신 어머니의 한숨만이
흐린 전등갓을 맴돌고
어린 동생은
새벽장에 들고 나갈
목판을 챙기고 있겠지요
총총한 별 박힌 우물에서
두레박에 내일을 떠올리며

혹시나, 돈 벌어 돌아올까
이 못난 누나도 떠올리겠지요

2

오늘도 번잡한
서울의 어느 변두리
한 칸도 채 못 되는 게딱지 방에서
먼지 뒤집어쓰고
꼭 고향의 바다 냄새 같은
지지리 못난 궁상들의 땀내 맡으며
손 트고 발 붓는 고된 일과 속
환장하게 가고 싶은 고향 그리는
숙련된 재봉공

소묘 2

눈을 감는다
아픈 현실이 뼈에 와 닿는다
울안에 피었던 꽃도 이울고
시인의 저녁 밥상엔
아내의 애정만이 담긴 김치찌개가
그래도 가정임을 실감케 한다

오늘도 무슨 집회
저 나름의 애국을 위해
이웃집 대학생은 집을 비웠는데
노모는 말없이 마당을 쓸고 있다

가을은 다가오며 깊어 가고
여름내 무성했던
마당의 포도나무는
풍성한 의무를 다한 듯
한 잎
두 잎

낙엽이 진다

1974년
한국의 가을은
늘 푸른 하늘과 도시의 소요(騷擾)를 붙안고
울고 있다

황혼에

대지에 황혼이 물들면
어디선가 태어나는 알레르기성 감기,
뾰족한 교회당
높은 탑신(塔身) 꼭대기에 걸린
한 조각 뜬구름의 슬픔처럼
오가지 못하는 녹슨 경의선(京義線)
그 연변에 흐드러진 코스모스의 화분(花粉)이
밭은기침을 유발한다

1971년
가을
판문점
중립국 휴전감시위원회가 열린다는
네모진 방 안의 네모진 테이블
그 테이블에 숱한 눈망울은 쏠리어
지금은 초점을 맞추기에 한창이지만

아, 여자여!

이 해묵은 밭은기침을 어찌하랴
줄지어 값싼 특효약을 구한다는
서울 종로 네거리
덤핑 약국에나
그 처방은 있으려나,
황혼이 대지를 적시면
틀림없이 찾아드는
알레르기성 감기!

어릿광대 피리 불고
동서의 곰은 춤을 추는데
차라리 그것은 황홀한 열기,
황혼이 가시면
그것은 밤,
밤이 지나면
이윽고 미명(未明)이거늘
으스스 추워 오는
알레르기성 감기 환자

명동, 추억을 걷는다

2007년 3월 29일, 오전 11시 40분경
약속 시간이 남아
내 추억의 앨범에는 없는
낯선 명동을 걷는다
2, 30대의 우리가 거의 날마다 들려
헤매던 거리와는 완전히 달라진
화려하게 분칠한 명동을 걷는다

지하철 명동역에서 내려 충무로를 가로지르려다
   문득 태극당 앞 건물 지하에 있던 〈음악회관〉 생각이 난다
   건장한 체구의 노익장이셨던 첼리스트 김인수 선생이 운영
하시던
   거기서 천상병을 위시한 우리는 무척 선생의 속을 썩혀 드
렸다
   이추림, 김희로의 〈오시회(午時會)〉도 여기서 주로 모임을 가
졌었지
   충무로에 들어선 김에 우측으로 돌아 명동성당 길로 발길
을 옮긴다

길모퉁이, 여기쯤이던가

이산 김광섭 선생이 내시던 문예지 『자유문학』사가 있었지

편집을 하던 이는 시인 김시철, 또 다음에는 소설가 박용숙
이었던가

거기를 통해 남정현, 최인훈, 송혁, 남구봉, 권용태, 황명걸
등이 등단했고

아니지 결국 나도 그리로 등단하지 않았던가

조금 내려가니

우측에 빈대떡집 〈송림〉, 〈송도〉 자리가 보인다

아나운서 유창경, 소설가 정인영, 송기동, 시인 김춘배,
출판편집인 김승환, 김상기 등이

때로는 거의 고장난 고물 시계를 맡기고 외상술을 마셔도
싫은 내색도 없이 오히려

"너희들 술 좀 작작 마셔라. 몸 상할라."

염려하시던 주인 아줌마들……

70년대 어느 날에는 〈겨울공화국〉에 쫓기는 양성우 시인과
야인 백기완과

여기서 급한 회포를 나누기도 했지

아, 잊을 수 없다, 그때 쏘아보던 양성우 시인의 새파란 야
수 같은 눈빛!

폭격으로 폐허가 된 건물 지하에 수십 집이 얼기설기 칸을
막고 영업을 해서

우리가 〈아방궁〉이라 불렀던 곳에는

이제 이름 모를 큰 빌딩이 치솟아 있고

박성룡, 이규헌, 이일, 이창대, 김관식, 이현우, 송혁, 신기
선, 송영택 등이

소금으로 안주를 삼고 동동주라는 카바이트 술을 마시던

언덕배기의 〈몽파르나스〉는 이일 시인의 명명(命名)이었던가

이현우가 자주 노숙을 한 공원이었던 제일백화점 자리는
흔적도 없고

그 앞에 있던 음악감상실 〈돌체〉, 〈엠프레스〉

폐질환으로 파랗게 질린 표정의 천재 화가 김청관을 비롯
한 박서보, 문우식, 최기원 등의 화가며 조각가들의 모습이 떠
오르며

거기서 DJ 역할을 하던 나중에 『조선일보』 문화부장을 한
정영일 생각도 나고

좁은 골목 안에 있던 〈쌍과부집〉은 알콜 중독의 천상병이 주기(酒氣)가

떨어지면 가서 큰 유리잔으로 막소주 한 잔을 훌짝 마시던 곳이었지

다시 명동의 본길로 돌아와 복원 중인 〈국립극장〉 쪽으로 걷는다

왼쪽의 화려한 패션 상점 거기에 〈청동〉에서 〈금문〉 〈송원〉으로

이름이 바뀐 찻집이 있었지

늘 그 자리에 눌러앉아 연신 담배를 피워 물며

끊임없이 찾아오는 여학생들의 손을 만지작거리시던

〈청동문학〉의 주인이시며 우리 문단의 원로 공초 오상순 선생!

거기서 만난 남구봉, 신봉승, 김종원 등의 친구와 멋쟁이 선배 황명, 최재복

그리고 김금지, 최희숙, 박정희 등의 여자 친구들

아, 지금의 내 아내 소국당(小菊當)도 거기에 이따금 출입했었지

그 위가 〈송원기원〉이었는데

우리나라 바둑계를 이끌던 조남철 선생이 운영하시던 그곳
에서

민병산, 신동문, 김심온, 신경림, 황명걸, 이시철, 김문수
등을 만난다

겨우 두 집 내면 사는 정도밖에 모르는 내게

조 선생은 떡 8급 딱지를 붙여 주시고……

네거리에 서면, 국립극단 초년생으로 무대에 섰지만, 열정
적이고

인상적이었던 김금지의 〈만선(滿船)〉 무대 연기가 생각난다

왼쪽으로 발길을 돌렸다가 다시 을지로 쪽으로 꺾는다

탤런트 최불암의 어머니가 운영하시던 그 유명한 목로
〈은성〉

그 자리 앞에 선다

그 집의 벽화로 불리운 명동백작 이봉구 선생, 박봉우, 문
일영, 김하중, 이문환 등의 시인 묵객들……

모두가 그리운 이름들이다

그리고 그 앞집이 〈몽블랑〉이었다

내 인생의 진로를 바꿔 놓은 영화감독 김소동 선생이 늘 진
치고 계시던 찻집

어려서부터 영화에 미쳐서 그 길로 가려고

서라벌예대 첫해 연극영화과에 입학하려는 나를 극구 말려

동국대 국문과로 돌려놓으신 선생님!

여기서 문득 내 추억 걷기는 멎는다

약속 시간이 다 되고 그 장소가 바로 거기 보였기 때문이다

〈갈채〉〈코지코너〉〈동방살롱〉〈청산〉〈도심〉〈문예살롱〉
등의 찻집과

〈명천옥〉〈구만리〉〈할머니집〉〈도라무통집〉 등의 대폿
집……

많은 이들이 가고 명동은 변했다

허지만 아직도 많은 명동 구석구석의 추억을 찾아 나는 또
여기 올 것이다

자화상

그 광장 분수 앞에 서면
홀연히 욕정(慾情)하는 녀석이 있다
앓아서 고생하는 혈연(血緣)을 보면
당장 죽이고 싶어지는 녀석이 있다

뒷맛이 구린 우의(友誼)보다는
깨끗한 배신이 낫다는 녀석이 있다
아, 꿈을 좀먹는 해파리 같은 무리들이 들끓는
태평로 일대
그 거리에 서면
이유도 없이 현기증이 난다는 녀석이 있다

침강하는 시민의 계단 어귀에 서서
녀석은
어두운 하늘을 우러러
사랑하는 모국의 이름을 부른다

−이런 시를 쓰면

비에 젖는 악수표(握手票) 물자를 보면

하염없이 쓸쓸해지는 녀석이 있다

* 한때 미국이 우리에게 보낸 구호물자에는 모두 한미 친선을 나타내는
 악수표 표지가 있었다.

제4부

파호(破壺)

꽃이 피고 다시 지는 동안
고인 물에는 수없는 별이 담기고
항아리는 온몸이 팽팽하여
벌레 먹힌 돌담 모퉁이에
잊혀진 지 오랜 어느 조용한 밤을 맞았다

—숱한 밤마다 산울림 같은 설렁임으로
목메어 흐느꼈던 애저린 향수

아는 이 없는 외로움 속에
고요히…… 시시로 굼틀거리는 배를
마구 흙에만 부비고 싶던 이유는 무엇일까

구름은 달빛을 가리고
어디선지 가만히 바람이 불었다

문득
온몸에 후끈한 환희가 번지며
항아리는 요란한 소리로 깨어져 땅 위에 흩어졌다

바람의 나날

가슴에 뚫린 공동(空洞)에서
허허히 불어오는 바람,
한 잎 낙엽처럼
그대는 행방이 묘연한데

허공에 걸린 십자가
즐비한 실과의 잔해
누가 잊고 떠난 정사(情事)의 흔적

이 거리를 지나면
용솟음치던 분수도
노을 속에 한낱 적막으로 가라앉네

뜬구름
세상사
물처럼 흐르는데

고산의 식물과

남향받이 풀밭의 초목은
기약 없는 바람의 나날이네

죽음의 사향(麝香)이
내 사지를 뜨고 있을 때
어디선가 불어오는
허허한 바람,
그대 행방은 여전히 묘연한데……

비가 내린다

충충한 충암의 벼랑에서
의미를 잃은 언어
고단한 잠 속에
그것은 거대한 쭉지를 벌리고
검은 그늘로 덮여 온다
우리 생명의 광맥은
어디에 숨어 있나
가위눌려 허덕이다 깨어 보면
무심한 천장에 번진
어쩌면 독버섯 같은
어쩌면 미소 같은
빗물의 무늬
모반의 물결에
갈리고 닦이어 오수중(午睡中)인 시민의
조약돌이 찾고 있는 것

승리의 깃발 없는 깃대에
어둡게 나부끼는

잃어버린 심층의 언어,
녹슨 유자철선(有刺鐵線) 속에서
언젠가 형제가 찾아 헤맨
애증의 인간 동산에
비가 내린다
시민의 고단한 잠 속에
그 비는 내린다

새는

일렁이는 바다
그 무형한 형지(形地)에
먼동이 트면
새는
죽지 잃은 새는
비로소 야맹(夜盲)의 눈을 뜬다

밤새도록
머릿속에서 재각거리던
시계 소리도 멎었는데
둘러보는 동서남북
막막한 손길
불가해한 안개

새는
죽지 잃은 새는
굳건한

의지의 나무를 잊지 못한다

새는
죽지 잃은 새는
나의 사랑은……

부재

─그것은
내가 없다는 것이다

그이는 있는데
내가 없다는 것이다

조국은 있는데
내가 없다는 것이다

'비전'은 있는데
내가 없다는 것이다

미소도
황혼도
성욕도
혁명도
애국도
다 있는데

내가 없다는 것이다

부재한 사랑의 추구만이 남고
이 '현실'에선
차라리 내가 없다는 것이다

유형지(流刑地)에서

그건
어려운 일이래요

끊어진 강하에
무지개다리 놓이고

훈훈히 달아오른 열기의 입술이
하나로 포개지기는

하늘의 별 따기보다
더
어려운 일이래요

술 취한 듯 비틀거린
전쟁에 죽어
울타리에 시름 잊은
꽃으로 피어도
바위 속의 자유가 자유 되기는

하늘의 별 따기보다

더더욱
어려운 일이래요

먹구름 덮인 하늘 아래
짓눌린 아우성이
먼 아침의 형지로 유배된 시간

－그러나,
오늘도 해는 솟아요

군중 속에서

1

이 아름다운 도시, 어디엔가
공허한 빈터는 남아
지금
물결처럼 내게로 다가오고 있다

언젠가
번잡한 도시의 주악(奏樂)과 함께 찢긴
의지와 애증의 파편이 낙일 아래
어느 정점에 걸려
뒤섞인 도시의 건물과 건물 사이
그늘진 일각을 선망할 때

물결쳐 오는 군중의 흐름,
그 흐름 속에
내 스산했던 사랑은 밀려오고 있다

물결은 물결 위에 넘치고
물결은 수없는 그늘을 지어

그늘은 흔들리며 번져 간다

저마다 간직한 우수와 비탄은
모두 그 안에 잠겨 흔적도 없다

—아아 얼마나 큰 안락의 무심으로 내 사랑은
밀려오고 밀려가고 있는 것일까

　2

어디선지 조용한 실내악 같은
봄날의 황금빛 훈향이,
그 육체의 회귀가
가까워 온다

(그러면 사랑하는 이여,
당신과 더불은 이 흐름을 어디까지나 한정 없이 흘러서 가자)

이윽고

아름다운 도시의 일각엔

달이 뜬다

부서져 무심한 의지와 애증의

기폭이 오른다

거미의 노대(露臺)

원색이 짙은 거리
짓이겨 씹어 던진 살덩어리에
하늘은
퍼렇게 멍이 들고

그것은
차라리 고발의 피맺힌 정류장
불 지르고 싶은 시간의 흐느낌 속에
살해되는
어쩌면 실오리처럼
연연한 생활이던가

판도(版圖)를 잊었던 그날에도
계양대의 극점(極點)에서 낙하하던
카오스의 심연을 선회하며

목숨들이 시시로 침식되어 가는
문의 개방이 그렇게 활짝 꽃피는 지점

자유와 맞선 젊음은 기(旗)를 올린다

꽃 속에 들어가

꽃 속에 들어가 창을 연다
초가을 별빛이 차갑게 스며들어, 꽃 속은
낙엽과
전쟁과
미소와
그리하여 온통 떠난다는 얘기로만 가득 찬다

창을 닫는다
언젠가 이웃하던 낱낱의 모습들이 어둠을 타고,
혹은 피할 수 없는 애증을 강요한다

내 안에는 이미 순색을 잃은 피가 그것들과 엉켜서
꽃 속을 흐른다
문득 가지 끝에는 영혼과 헤어진 감동이 눈을 뜨고,
시야에는 이웃하던 낱낱의 모습들이 다시 형체를 이루어

나는 꽃을,
꽃은 꽃병을,

꽃병은 나를……

자꾸 생각은 뒤만을 좇는다

ㅡ꽃 속에 들어가 꽃을 꺾는다

잔(盞)

언젠가 저 형극(荊棘)의 탑에서 흘러내리는
물살을 받아
그것은 차라리 노을빛 바다
이처럼 출렁이는 것이다

문득, 비바람을 헤쳐 가는 옛날의 나와
벗과의 가벼웠던 편주(片舟)
티눈 같은 낙엽이 밑으로 밑으로 가라앉으며, 어느덧
잠잠해진 그 노을빛 바다에는
바람을 달래고
하마면 외로운 암초의 꿈과
구름이, 마음 깊이 간직할
아무럴 수도 없는, 가신 이의 운김처럼
허전히 남아 있었다

그리하여 아름다이 뛰놀던 고기 떼의 사라진 자리에서
저 멀리 들려오는 뱃고동 소리-
내 심장의 고동이

새벽하늘의 뭇별을 그늘 짓는다
그런 순간에 잔은 기절할 듯이 넘치고
핏빛보다 더 고운 꽃이 피고 다시 이울어가는 것이다

토끼는 오늘도

달이 뜨는 밤이면
토끼는 울었습니다
쇠줄 감긴 허리가 아프다고
울었습니다

해 뜨는 아침이면
혹시나
이 쇠줄 풀리지 않을까 생각하며
또 울었습니다

무지한 발굽 아래 짓밟혀도
잡초는 죽지 않고
다시 사는데
연약하지만 자꾸자꾸 되살아나
다시 사는데
아무리 막아도
봇물은 넘쳐 하나로 뭉치는데……

토끼는 오늘도

아득한 꿈을 꾸며

사나워지는 꿈을 꾸며

또 웁니다

울고 울고

또 웁니다

문(門)

스스로 저버린
에덴으로의 길이
눈물 속에 피맺히는 아침

어쩌면 그날로부터
쌓여온 목숨들이
오늘 이렇게도 메울 수 없는
가슴의 빈터를 남기고
울타리로 향(向)을 한 꽃

그것은
전몰(戰歿)한 병사의 새날이 밝아오는 소리
꽃술이 날리며 쌓이며
무한히 성장하는 벽(壁)에 우람한 아침은 트이는가

표상 없는 하늘
아, 그곳
문은 자꾸 커지기만 하는
벽면의
기다림의 꽃이었다

사막

　－그리고 훨훨 떨어버린 몸짓은
오늘 이렇게 메마른 모래벌이 되었을 것이다
희뿌연 열기가 숨 막히는 생명의 돌림길

쌓이고 무너지고……
헤일 수 없이 벅찬 깃발이
나부끼다 쓸린 전쟁의 시새움으로
사막은 아득한 세계의 변두리에서 식어 가며
생명을 탐욕하는 것이다

숨겨 간 이들 마음에 골고다를 달무리진
하늘이 내려앉은 잉여의 계절
이제 모두는 철 따라 떠나고
모래알 속에는 알알이 피 붉은 사연이 기록되는 것이다

비가 내리고 또 스미고
터져라 피어오르는 바람(望)과
아, 그것은 외로운 것
희뿌연 안개 속에 생명은 끝없이 번져가는 꿈
벽화되어 가는 회고의 아픔을 돌아가는 것이다

아, 하늘이여!
— 한국전쟁 60년, 순직 공중근무자를 추모하며

아득히 드높은 푸른 하늘에 보라매가 난다

하늘에는 경계가 없다
지뢰밭도 철조망도 없다
구름은 바람 따라 마음대로 흐르고
크고 작은 새 마음대로 지저귀며 동서남북을 난다
사랑과 자유, 평화, 겨레의 구름밭에
일곱 무늬 무지개 꽃밭에
조국의 하늘은 여전히 푸르다

어느 날 먹장구름 거세게 몰려와
그 꽃밭 짓밟힐 때
우리의 보라매는 온몸으로 거기 맞선다
기진하여 그 몸 불사르며
혹은 함께 조국 하늘 지키며 산화한 이들

아, 아득히 드높은 조국의 푸른 하늘에
오늘도 보라매는 난다

그대들 있어 어둠은 걷히고
눈부신 구름밭
무지개 꽃밭은 되살아나
막힘 없는 조국의 하늘에
겨레 사랑의 훈풍 오간다

그대들은 결코 무찌르기만 하는 전쟁의 선봉이 아니다
그대들은 자유와 평화의 지킴이다
그대들은 겨레 사랑, 갈라진 국토의 이음쇠다
저 눈부신 태양의 정기를 끌어안고 흐르는
사랑의 꽃밭 가꾸기다

아, 오늘도 그대들 넋 고이 잠든 조국의 하늘에
보라매는 날고 그 눈빛은 여전히 빛난다

* 공사(空士) 교정에 선 〈빛의 탑〉 시비

억새는 오늘도 흔들리며 운다
─ 소설가 김문수를 추모한다

"형님, 출판사 이름을 '문수막' 으로 바꾸고 막장은 내게 넘기슈!"

내가 오래 몸담았던 K출판사를 우여곡절 끝에 그만두고 무수막이라는 좀 촌스러운 간판을 내걸고 사무실 문을 열었을 때 가장 먼저, 가장 빈번히 와서 염려를 하고, 이것저것 참견하던 김문수가 한 잔 소주에 취해 한 말이다

이 땅의 정신문화의 일익을 담당하여, 불에 달궈 두드리고 담금질을 하여 마음의 양식이 되는 좋은 책을 만들리라는 객기로 대장간의 옛말 '무쇠막' 의 현존 지명인 '무수막' 을 간판으로 내걸고, 사장, 대표보다는 '막장' 으로 자처하며 빈둥거리는 나를 안타까워하며 자칭 문수 보살이 보살심을 발휘하여 한 말이다

"형님은 나보다 여섯 살이나 위인데도 주름이 없이 깨끗해 나보다 여섯 살도 더 아래로 보이니 뭔가 잘못돼도 한참 잘못

됐다."

이건 내 고희문집에 그가 써 놓은 정말 웃기는 글이다

그는 이렇게 사람들을 웃기고 흔들며, 주변을 훈훈하게 한다
그야말로 보살의 화신인 듯 따뜻한 분위기로 자리를 밝게
만든다

그런 그가 오랜 교단에서 물러나 본격적인 작가의 길로 접
어드는가 싶더니
어느 날 덜컥 쓰러졌다
정신문화의 제련사를 자처하던 나는 일찌감치 거덜이 나서
쉬고 있을 때였다
기겁을 해서 달려간 병상에서 그는 요행히 수술 끝에 일어
났으나, 얼마 후 다시 쓰러져 일어나지 못했다
함몰한 머리에 붕대를 감고 눈동자만 굴릴 뿐 알아보지도
못하는 그를 보며
나는 눈물을 참을 수 없었다

어느 형제보다도 더 가까이 느꼈던 동문수학의 그를 기어이 보내고 허허한 바람만 부는 빈 가슴을 독한 술로 달래며 그를 그린다

"그 쭈그러진 얼굴로 얼마든지 할퀴고 씹어도 좋으니, 문수야, 다시 꿈에서라도 만나자꾸나. 네 미완의 걸작들을 다시 완성해야지. 못다 한 네 사랑을 두고 간 식구들에게 더 나누어야지. 문수야!"

"벌써 너 간 지 1주년이구나. 오늘도 창 넘어 노을 비낀 언덕에 억새는 흔들리며 운다. 그립구나, 보고 싶다. 내 꿈속에라도 찾아오렴. 만나서 언제나처럼 조금은 급진적인 나와 조금은 보수적인 너와의 언쟁을 마감해야지. 문수야! 「이단부흥」「만취당기」 등 수많은 수작을 남긴 이 땅의 뛰어난 소설가 김문수야!"

「그 세월의 뒤」
무수막에서 출판한 김문수의 창작집 타이틀이다

아, 그렇구나, 그는 불현듯 그 세월의 뒤로 숨어 버린 것이
구나

주름살투성이의 얼굴에 묘한 웃음을 띤 그가 그립다

참다운 세상과 인간을 향한
멈출 수 없는 그리움

이경철

"어젯밤 그들은 어느 꿈에 머물다/아픈 추억 물고/
여기 외포리 바다 위를 날고 있는가//북녘의 바다에서
남녘의 하늘로/남녘의 바다에서 북녘의 하늘로/내 겨
레 뜨거운 가슴은 여전히 먼데"

—「외포리의 갈매기」 부분

자유와 순정을 나는 외로운 갈매기

강민 시인의 시집 『외포리의 갈매기』에 실린 시편들을 읽는
내내 우리 시대 우리나라 시인들의 숙명이 떠올랐다. 해방 후
분단과 독재를 살아내는 시인의 올곧은 양심과 지조에 고개
숙여졌다. 꿈과 추억과 사랑과 예술혼을 향한 순정한 로맨티
스트인데도 시에서 그런 에스프리를 접어둘 수밖에 없게 한
분단 현실이 아프고, 그런 현실을 아파하고 타개하려는 시인

의 올곧은 자세가 숙연케 했다. 그런 부당한 현실을 타개하려는 지조 있는 자세에서도 나남 없이 다 껴안는 도저한 휴머니즘에 절로 고개 숙여졌다.

강민 시인은 대학 시절 서정주, 조지훈 시인으로부터 시를 배웠다. 서정주에게서는 누구에게든 편안하게 대해주는 인간성을, 조지훈에게서는 잘못된 시대의 흐름에 맞서는 선비정신, 지조를 배웠다. 초등학교 때부터 남들은 다들 대통령이나 장군이 장래 희망이라 말할 때 당당히 문인이라 말하며 뭔지도 모르고 그저 좋아 빠져든 문학. 그러나 「지조론」의 시인 조지훈에 끌려 정 많은 사람이면서도 시에서는 의리와 지조로 일관하고 있는 시인이 강민이다.

'지조' 하면 대쪽 같고, 깐깐하고, 고집불통이어서 '메마름'이 떠오르기 십상이지만 시인은 아니다. 문단에서 술 한 번 밥 한 끼 안 얻어 먹어본 사람이 없을 정도로, '걸어 다니는 한국문단사'로 불릴 정도로 선배 잘 모시고 후배 잘 챙기는 마당발이다. 무엇보다 진보며 보수, 학벌이나 지연 등에 얽매이지 않고 오로지 순정한 인간성으로 다들 감싸안은 도저한 휴머니스트이다.

1962년 『자유문학』을 통해 등단한 시인은 이듬해 김수영, 신동문, 고은, 송혁, 권용태 시인 등과 함께 시동인 '현실'을 결성해 현실을 직시하는 창작 활동을 펼쳤다. 군사독재의 서슬이 퍼렇던 시절에 '현실'이란 전위적인 타이틀을 내건 사람이 시인이다. 로맨티스트이고 휴머니스트인 시인이 이렇게 시에서만큼은 반세기 이상 대쪽같이 우리네 현실을 직시하며 다들 인간답게 사는 세상을 구가하려 했으니 안쓰럽고 숙연할밖에.

이 시집의 표제작으로 위 프롤로그로 올린 시 한 대목에서도 시인의 그런 자세는 잘 드러나고 있다. 분단의 최북단 강화도 외포리에서 갈매기는 한쪽 날개는 꿈과 추억의 아슴한 시적 에스프리의 바다를, 한쪽 날개는 아픈 분단 현실의 바다를 날고 있지 않은가.

"비는 멎지 않았다/희뿌연 물보라 속 그 안에서/꽃은 몸살을 앓는다/줄기에는 물이 아니라 피가 흐른다/멍든 사랑으로 햇살은 흐리고/눈먼 사람들은 제 짓거리들을 찾아 떠났다/바람이 불 때면/흔들리는 잎으로 오열을 삼킨다/시시로 더해 가는 신열이 온몸을 달구면서/달이 지는 시간에/혹은, 제 무게를 감당치 못하고/별이 쏟아지는 미명에/꽃은 핏빛으로 물들면서/아프게/아프게 피어난다"(「발화(發花)」 전문).

막 피어오르는 꽃을 핏빛으로 아프게 피어난다 하고 있다. 빗속 뿌연 물보라 속에서 꽃은 몸살을 앓고 햇살은 멍든 사랑으로 흐리다 한다. 서정적 정조를 바탕에 깔고 있으면서도 오열을 삼키고 있는 시이다. 눈먼 사람들은 제 짓거리들을 찾아 떠났어도 온몸을 스스로 달구며 아프게 피어나는 꽃이 시인이며 이 시집에 실린 시편들이다.

온몸과 마음으로 쓴 아픈 현대사의 비망록

"백두에 머리를 두고/한라에 다리를 뻗고 눕는다/강산은 여전히 아름답고/바람은 싱그러운데/배꼽에 묻힌 지뢰와/허리를 옥죄는 유자철선(有刺鐵線)이 아프다/하초에서 흐르는 물 흐름이 운다/여전히 편치 않은 지리의 눈물을 받아/섬진의 노을은 오늘도 핏빛이다//밤마다 선잠 뒤척이며/아프고 뿌연 안개 낀 머리를 흔든다/정강이가 가렵다/피가 나도록 긁어도 시원치 않고/차츰 온몸으로 번진다/허리에서 막힌 혈류 때문인가//(중략)/아, 저 길/아득히 먼 고구려의 꿈/멀고 먼 백두로의 그리움/머리는 여전히 아프고 아프구나"(「꿈앓이」 부분).

시인과 우리 국토가 그대로 한 몸이 된 시이다. 맨살 맨 마음이 살 부비는 가장 구체적인 감각인 촉감으로 끊어진 한반도와 한 몸이 돼가고 있는 시이다. "아, 저 길"이라 한탄하며 "아득히 먼 고구려의 꿈/멀고 먼 백두로의 그리움"을 앓고 있는 시이다.

이 분단시대의 아픔과 저 북방을 향한 꿈과 그리움은 시인에게 제목처럼 단순한 '꿈앓이'만은 아니다. 6 · 25와 4 · 19, 그리고 5 · 16군사쿠데타와 개발독재, 유신독재 시대를 온몸과 양심으로 겪어낸 생생한 체험에서 우러난 것임을 편편의 시들은 보여주고 있다.

""우리 죽지 말자"며 내밀던 그의 손/온기는 내 손아귀에 남아 있는데/그는 가고 없었다/냄새나고 지치고 더럽던 그의 몸과는 달리/새벽별처럼 총총하던 그의 눈길/1950년 8월 경안리/새벽의 주막 사립문가에서 나는 외로웠다"(「경안리에서」 부분).

전쟁이 일어나 중학 6학년인 시인은 남으로, 북에서 온 또래의 다른 사람은 전쟁터로 가는 듯 두 소년이 경안리에서 만난 상황과 대화를 다룬 일종의 짧은 이야기 시 마지막 부분이다. "우리 죽지 말자"고 적의(敵意) 없이 헤어지는 상황에서 남북이니 이념이니가 아니라 휴머니즘의 본성을 그대로 읽을 수 있다.

"시내 곳곳에서 함성이 일고/저녁 어스름이 깔린 거리에서/나는 비겁한 방관자였다//내무부 청사 정면에는 기관총인 듯한/무기가 이쪽을 향하고 있었다/민중의 자유를 억압하는 '자유당'/그 망령의 방패가 단말마를 맞아 곧 불을 뿜을 듯/이쪽을 향하고 있었다/(중략)//그때 학생들이 앞장선 4·19의 혁명은/어쩌면 이렇게 소위 양아치들, 밑바닥 민초들의 가담으로/승리했는지도 모른다"(「비망록에서 1−4·19혁명 점묘」 부분).

1960년 4월 20일 을지로 입구 내무부 청사 앞에서의 4·19혁명 한 장면을 다룬 시이다. 신문팔이, 구두닦이, 막노동자, 노점상, 지게꾼 등을 가득 태운 소방차가 내무부 청사 기관총 좌로 돌진해 부수는 장면을 현장에서 생생하게 묘사하고 있다. 그러면서 시인은 "비겁한 방관자였다"고 고백하고 있다. 죽음도 불사한 밑바닥 민초들의 돌진에 비한다면. 그러나 그 "비겁한 방관자"였다는 자백은 젊은이로서 당시를 겪었던 사람으로서는 실토하기 힘들 것. 그만큼 자신에게 더 가혹했던 시인의 양심은 아직도 펄펄 살아 시의 진정성을 더하고 있다.

"서울 중구 광희동 2가 65의 2/그 험한 전쟁에서도 용케 견뎌/늙으신 어머니와 우리 삼 남매에게/풍상을 막아주던 남루하지만 따뜻했던 판잣집//돌연 밖에서 쿵 하는 굉음과 함께/천장에서 풀썩 먼지가 일며 와르르 깨어진 기와가/쏟아져 내렸다/시간은 아직 다섯 시 전이었다/나는 충혈된 눈으로 밖으로 뛰쳐나갔다"(「비망록에서 2−철거」 부분). 1967년 철거현장을 다룬 시이다. 자신의 집 철거 상황을 생생하게 기록함으로

써 개발독재로 밀려나는 서민들의 비참한 상황을 실감으로 전하고 있다.

"편집부 분위기가 심상치 않게 술렁이고 있었다/내 책상에는 〈××서××과 K모〉라는 명함이 놓여 있고,/이윽고 급히 다가온 직원 한 사람이/"누군가 두 사람이 아래 다방에서 기다린대요."//(중략)//그 후, 내 출근길은 무거웠고 무척 우울했다"(「출근」 부분).

1970년대 출판사 근무 시절 시인이 당한 사찰을 그대로 전하고 있는 시이다. 전방위로 뻗은 독재정권의 사찰망은 이렇게 시민들을 무겁고 우울하고 무섭게 했다.

이렇게 부당한 정권의 민중 억압 시대에 시인은 시 「이름 짓기」에서 큰아들은 '일구(一求)', 둘째는 '민구(民求)', 조카는 '중구(衆求)'라 지어줬다 밝히고 있다. "셋을 합하여 일민중(一民衆)/오로지 민주의 불씨 되찾고/큰 무리 민중의 힘 보였으면 하는/70년대의 내 소망이었다"며.

"끊임없이 학대받으면서도/사철의 험한 길 이기고 돌아와/여전히 푸르고 싱싱한/저 숲에 가/오늘은 눕고 싶다/누워서 나 또한 한낱 자연이고 싶다/눈감고 누워서 먼저 가신 이들의/쓰라린 사연/그리운 모습 그리며/조용히 울고 싶다"(「오늘은」 부분).

비교적 최근의 심경을 토로한 시이다. 숲에 가 누워 한낱 자연이고 싶다고. 그러나 시인의 그 숲, 자연에는 왜곡된 우리 현대사의 쓰라린 사연이 묻어 있다. 오로지 민주의 불씨 되찾아 푸르고 싱싱한 세상을 가꾸려다 쓰러진 쓰라린 사연들이 시를 쓰게 하는 원동력, '그리움'이 되고 있다.

로맨티스트, 휴머니스트의 순정과 포용력

"참으로 긴 세월의 고개를 넘어왔구나/굽이굽이 80굽이/험하고 눈물 많던 고개, 고갯길/한 많던 굽이길, 가시밭길/그 길을 이렇게 쉽게 넘다니……/그 많던 동반(同伴)들/아리고 아픈 내 사랑, 불꽃 노을에 타버린/아리고 아픈 내 사랑/따뜻했던 피붙이, 그 친구, 그 여인들/이제는 손 놓고 떠난 이들/그 문들어서 이제는 꿈의 본향(本鄕) 찾았는가//(중략)//남은 세월 또 얼마나 남았는가/산수령을 넘는다/친구여, 동반자여, 노을 속 사랑하는 이여/식어가는 손길이나마 잡고 가자"(「산수령(傘壽嶺)을 넘는다」 부분).

팔순 고개를 넘어가며 쓴 이 시 참 아리고도 믿음직하다. 아픈 사랑, 친구들, 여인들, 피붙이들에 대한 그리움과 회한, 무엇보다 자신의 노령에 대한 회한이 짙게 배 있다. 그런데도 따뜻하다. 동반자들에게 식어가는 손길이나마 잡고 가자는 시인의 순정은 여직 뜨겁다.

손잡고 산수령을 넘어가는 곳, '꿈의 본향'은 어디일런가. 아, 슬프게도 저승길일 것이다. 아니다, 시인과 동반자들이 애써 가꾸려 했던 이승의 낙토일 것이다. 아니, 그런 것들을 모두 껴안고 시공(時空)을 초월하는 순정하고 순열한 첫 마음의 본향, 그리움 그 자체일 것이다.

"이 황무지, 사막의 유목민들은 모두 어디 갔나/갈증을 풀던 그늘, 오아시스는 또 어디 갔나/문득 거기 찻집 〈귀천〉이 보인다/혀 짧은 소리로 부르던 천상병,/그의 부인 목순옥,/허름한 옷차림에 허름한 바랑 짊어진 민병산 선생,/4·19의 뒤어난 시인이며 그의 절친한 친구 신동문,/삐딱한 헌팅모, 멋진 홈스팡 영국풍 신사 차림의/방송작가 박이엽,/그이들이 거기 앉아 있다/(중략)/다시 한 세월은 가고/나는 또 그리운 이들을 찾아 이 거리를 헤맬 것이다"(「인사동 아리랑 7 – 유목민 이야기」 부분).

연작시 「인사동 아리랑」 중 한 대목이다. 해방 직후 중학 시절부터 인사동 끝머리 탑골공원 옆에 있던 시립도서관에 다니며 문학서적을 탐독하던 시인은 전후 폐허에서 문화예술계의 아지트 구실을 했던 명동시대, 1970년대의 관철동시대를 거쳐 1980년대부터 열린 인사동시대 초창기 멤버. 그 인사동에서 시인은 위 시에 거명한 천상병 부부, 민병산, 신동문, 박이엽 등 숱한 시인묵객들을 만나왔다. 반세기 훌쩍 넘어 오늘도 인사동에서 신경림, 구중서, 민영 시인 등 숱한 동반자들을 만나고 있다.

그런 시인 예술가들과의 무수한 만남에서 무슨 이야기들이 오갔을 것인가. 사람다운 세상을 가꾸려는 이야기, 예술 정신과 혼에 대한 이야기 등등을 나눴을 것 아니겠는가. 인간으로서 인간에 대한 예의와 염치와 양심에 부끄럽지 않게.

"폐허의 거리에서 만나/실조(失調)의 우정을 나누며/그래도 뜨거운 가슴으로 시를, 청춘을/함께 노래하고 불사르던"(「인터넷 카페」 부분) 그들의 순정을 나눴을 것 아닌가. 그런 순정들이야말로 혁명도, 사랑도 안 되는 이 삭막한 시대의 오아시스 아닐 것인가.

이번 시집에는 「인사동 아리랑」 연작을 비롯해 많은 시편들에 차와 술 한 잔이면 아무런 보상도 바라지 않는 사랑과 순정의 로맨티스트, 휴머니스트의 면목이 드러나고 있다. 단순한 회상으로서가 아니라 지금도 시인이 찾아 헤매는 '그리움'으로.

사랑과 우국충정과 인간성이 순정하게 고인 그리움의 본향

"삼월 폭설, 쌓이고 녹더니/온 산, 온 마을이/부활의 눈을 뜨고 있다/산자락 넘어 이어진 오솔길은/실종된 사랑 찾아/지나온 세월을 싣고/이윽고 화신(花信)처럼 달려올 것만 같다/동오리는 오늘도 조용하다/앞산 능선 위로 훈풍처럼 구름 흐르고/초목들 기지개를 켜고/새들은 지저귀고 있다"(「동오리 14」 전문).

시인은 2000년대 들어 경기도 양평 산골 동오리로 거주를 옮겼다. "먼 길 돌아와/여기 산다/어린 날/젊은 날/즐거운 날/괴로운 날/돌고 돌아서/지금 여기 산다"(「동오리 1」 부분)며 '꿈의 본향', 그리움의 고향인 양 동오리에 찾아들어 「동오리」 연작시편을 참 많이 쓰고 있다. 도회와 현실에서 벗어나 위 인용시에도 드러나듯 줄줄이 피어나는 꽃, 자연과 함께 그리움과 사랑과 부활을 노래하고 있다.

"그대 바람으로 떠나요/떠난 김에 훨훨 날아/산 넘고 물 건너/이 봄의 씨앗 실어다/거기에도 뿌려줘요/샘물가 돌 틈에도/뒤울안 툇마루 주춧돌 사이에도/정자나무 그늘에 쉬는/그이들의 마음밭에도/뿌려줘요, 봄의 씨앗//동오리의 봄 씨앗 날아/녹슨 철조망, 지뢰밭 넘어/그리로 가요"(「동오리 15」 전문).

산속에 들어갔다 하여 한갓 음풍농월(吟風弄月)의 귀거래사
가 아니다. 위 시에 보이듯 자연을 닮아 어조는 부드럽고 예쁜
동시처럼 보이지만 이곳저곳 정을 나눠주는 도저한 휴머니스
트, 분단시대 우국충정의 지조는 여전하다.

"떠나온 동오리 시국헌 뒤뜰에/여름이면 지천으로 피던 개
망초꽃/잡초라며 돌아보지도 않던 그 꽃이/이 여름 여기 동백
에는 왜 이리 귀한 걸까/원래(遠來)의 벗 찾아와/막걸리 한 잔
마시고 걸어오는/아파트 울타리에 한 무리 수줍게 피어/고개
를 내밀고 있었다/(중략)/무심코 다가가 한 줌을 꺾는다/영정
앞에 놓아주고 싶어서다/(중략)/그래 이런 것이구나, 저 여린
꽃들처럼/사랑은 다시 내 가슴에 살아나는구나/그리운 이들
이여!"(「개망초 연가」 부분).

위 시에 보이듯 이번 시집에는 먼저 세상을 떠난 아내에 대
한 연가(戀歌)들도 많다. 같이 문학 활동을 펼치며, 동오리에 문
우들을 불러 술대접도 함께 곧잘 해줬던 아내에 대한 사랑을
그리움의 본향으로 승화시켜가는 노년의 순정에 가슴 먹먹해
지는 시편들이 많다.

"점차 녹스는 시심과 병마로 시드는 기억력 때문에" "고단
한 시작을 마감할까 생각 중"이란 시인의 말에 가슴이 먹먹해
졌는데, 사별한 아내를 향한 이런 순애보(純愛譜) 시편들 앞에
선 그냥 주저앉아 울고 싶다. 울며 이런 순정한 그리움의 시편
들 계속 계속 더 쓰셔서 보여 달라 조르고 싶다.

"사나운 청말 타고/새해가 밝았다//문득 추운 하늘에서/피
눈물 내린다//불통과 독선, 오만에 치를 떨던/한 젊은이의 분
노가/불꽃으로 승천하여/투명한 피눈물로 내린다//안녕하지

못한 숱한 염원들이/핏빛으로 새해 구름에 깔려 있다"(「새해-갑오년」 전문).

올 2014년 갑오년 말띠 해를 맞으며 쓴 이 짧은 시, 참 시퍼렇다. 우국충정의 지조가 대쪽 같다. 누가 보아도 여직 젊디젊은 강민 시인 브랜드의 시이다. 누가 뭐래도 강민 시인은 그리움의 시인이다. 로맨티스트이고 휴머니스트이다. 인간다운 세상, 인간다운 인간, 인간성을 향한 그리움이 그대로 그리움의 본향으로 승화되고 있는 게 시인의 시이다. 이 의리 없고 지조 없고 인정 없는 무잡한 세상에 맑은 물 한 사발 건네는 오아시스 같은 순정한 시인의 시 계속 보고 싶다.

李京哲 | 문학평론가